CATALOGUE

D'OBJETS D'ART

Pendules, Candélabres et Cartels Louis XVI

LUSTRE EN CRISTAL DE ROCHE

BRONZES

Belles Porcelaines de Saxe, de Chine & du Japon

TABLEAUX

Anciens & Modernes

14 TABLEAUX DE GUDIN

DONT LA VENTE AUX ENCHÈRES PUBLIQUES AURA LIEU

HOTEL DROUOT

SALLE N° 3

Les Lundi 29 & Mardi 30 Janvier 1866

POUR LES OBJETS D'ART

Et le Mercredi 31 Janvier 1866

POUR LES TABLEAUX

A UNE HEURE

Par le ministère de M° **DUTITRE**, Commissaire-Priseur,
rue de Richelieu, 8,

Et de M° **J. BOULLAND**, son Collègue, rue de Richelieu, 79,

Assistés de **M. ARONDEL**, Expert pour les Objets d'art,
rue de Choiseul, 16,

Et de **M. HORSIN DÉON**, Peintre, Expert pour les Tableaux,
rue Chabanais, 1,

Chez lesquels se distribue le présent Catalogue.

PARIS — 1866

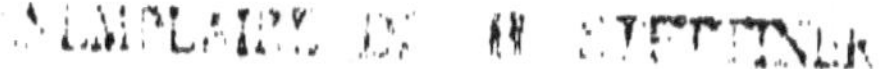

RENOU & MAULDE

IMPRIMEURS DE LA COMPAGNIE DES COMMISSAIRES-PRISEURS

Rue de Rivoli, 144.

CATALOGUE

D'OBJETS D'ART

Pendules, Candélabres et Cartels Louis XVI

LUSTRE EN CRISTAL DE ROCHE

BRONZES

Belles Porcelaines de Saxe, de Chine & du Japon;

TABLEAUX

Anciens & Modernes

14 TABLEAUX DE GUDIN

DONT LA VENTE AUX ENCHÈRES PUBLIQUES AURA LIEU

HOTEL DROUOT

SALLE N° 3

Les Lundi 29 & Mardi 30 Janvier 1866

POUR LES OBJETS D'ART

Et le Mercredi 31 Janvier 1866

POUR LES TABLEAUX

A UNE HEURE

Par le ministère de M⁰ **DUTITRE**, Commissaire-Priseur,
rue de Richelieu, 8,

Et de M⁰ **J. BOULLAND**, son Collègue, rue de Richelieu, 79,

Assistés de **M. ARONDEL**, Expert pour les Objets d'art,
rue de Choiseul, 16,

Et de **M. HORSIN DÉON**, Peintre, Expert pour les Tableaux,
rue Chabanais, 1,

Chez lesquels se distribue le présent Catalogue.

PARIS — 1866

CONDITIONS DE LA VENTE

Elle sera faite au comptant.

Les Acquéreurs paieront en sus de leur prix d'adjudication, CINQ CENTIMES par franc, applicables aux frais de la Vente.

DÉSIGNATION
DES OBJETS

BRONZES.

1 — Une pendule Louis XVI. De chaque côté du cadran, une figure lisant ; au-dessus un aigle.

2 — Deux candélabres à trois lumières, figures tenant trois branches de pavot.

3 — Un cartel Louis XVI.

4 — Un grand cartel Louis XVI.

5 — Un grand lustre en cristal et bronze.

6 — Un flambeau byzantin émaillé bleu et blanc.

PORCELAINES DE LA CHINE & DU JAPON

7 — Deux bols japon, avec leurs couvercles montés en argent.

8 — Un pot à tabac, famille Verte.

9 — Un très-beau seau, famille Verte.

10 — Un pot et sa cuvette, chine.

11 — Une fontaine   id.

12 — Deux très-belles cuvettes, famille Verte.

13 — Deux petits sucriers chine, montés argent.

14 — Un pot fond jaune, monté en argent doré.

15 — Deux présentoirs, anses et pieds.

16 — Quatre bols du Japon dont un monté.

17 — Quatre très-beaux bols. (Sera divisé.)

18 — Un sucrier monté argent.

19 — Un grand bol du Japon.

20 — Un bol à pans.

21 — Quatre paires blanc de Chine montées argent.

22 — Une théière chine.

23 — Quatre grands plats japon.

24 — Deux moyens   id.

25 — Deux grands plats, famille Verte.

26 — Deux plats chine et japon.

27 — Deux beaux compotiers, famille Verte.

28 — Six moyens plats, famille Verte.

29 — Quatorze assiettes de Chine d'un très-beau décor.

30 — Trois compotiers chine.

31 — Dix-huit belles assiettes, famille Verte.

32 — Environ vingt tasses et soucoupes de belle qualité qui seront vendues par paire.

33 — Vingt pièces diverses qui seront vendues par lots.

PORCELAINES DE SAXE

34 — Belle écuelle, fond lilas, décorée de paysages.

35 — Trois pièces en blanc, montées en argent.

36 — Douze assiettes, décor bleu.

37 — Un moutardier.

38 — Un grand bol.

39 — Trois tasses avec présentoirs, décor chinois.

40 — Une douzaine de couteaux, décor de Chine.

41 — Joli plateau, décor chinois.

CURIOSITÉS

42 — Lustre en cristal de roche.

43 — Plat en vieux sèvres, Louis XIV.

44 — Aiguière en chine.

45 — Le Messager d'amour. (Tapisserie.)

46 — Le doux Réveil.   Id.

DÉSIGNATION

DES

TABLEAUX

ÉCOLES ALLEMANDE, FLAMANDE & HOLLANDAISE

BÉGA (Genre de)

1 — Intérieur d'estaminet.

BENT (Attribué à VAN DER)

2 — Le Passage du gué.

3 — Paysage et Figures.

BERNETTER (J.)

4 — Marine, temps calme.

Deux navires en panne, au fond un vapeur.

5 — Mer houleuse.

BRAMER (L.)

6 — Paysage avec figures.

BRAUWER

7 — Tête d'Homme.

8 —   Id.   Son pendant.

DURER (ALBERT)

9 — Adoration des Mages.

La Sainte Vierge assise présente l'Enfant Jésus à un roi agenouillé qui lui offre des présents. Un autre Mage se découvre et s'incline avec respect en attendant le moment de lui présenter son offrande ; un troisième roi venu de l'Ethiopie, sans doute, portant aussi un vase d'or à la main, se tient debout sur le premier plan ; un peu en arrière se voit saint Joseph.

Toutes ces figures se détachent sur un fond de paysage meublé de ruines.

Nous avons conservé l'attribution de ce tableau qui offre des qualités véritables ; car, nous a-t-on affirmé, il provient d'une grande collection où il figurait traditionnellement comme étant de ce grand maître.

HOET (GÉRARD)

10 — Cléopâtre et Antoine.

La reine d'Egypte, au milieu d'un festin, détache de son oreille la perle qu'elle va faire dissoudre.

Composition capitale.

HOREMANS

11 — Portrait d'un chasseur.

HUYSMANS

12 — Paysage boisé.

H. S. (Signé 1770)

13 — Buveurs et Fumeurs.

MANS

14 — Canal glacé.

NESTCHER (Constantin)

15 — Portrait de femme représentée sous les attributs de
sainte Catherine.

PETERS (Bonaventure)

16 — Marine, tempête.

SNAYERS

17 — Choc de cavalerie.

SUSTERMAN (dit Lambert Lombard)

18 — Le Christ mort.

Il est étendu à terre sur un linceul, saint Jean le soutient; la Vierge,
les mains jointes, contemple avec douleur les restes de son divin fils. La
Madeleine, la main gauche sur son cœur, tient de la droite un vase de
parfums. Les saintes femmes tout en larmes entourent la mère du Ré-
dempteur.

Ce tableau capital renferme de grandes beautés.

TÉNIERS (David)

19 — Paysage et figures.

Une grande réunion de gens de toutes conditions, les uns à pied, d'autres
dans une charrette, stationnent ou se coudoient sur la route qui conduit
à un château qui occupe le second plan du tableau. Tout à fait sur l'avant-
scène est un carrosse à la portière duquel se tient une bohémienne avec
son enfant. Une vieille pauvresse et un petit garçon s'avancent aussi
pour demander l'aumône.

Composition pleine d'animation et d'une spirituelle exécution.

VAN VEEN (Otto)

20 — Le Triomphe de Galathée.

ÉCOLE FRANÇAISE

BOUCHER (D'après)

21 — Dessus de porte. Sujet pastoral.

CAZIN (Signé)

22 — Paysage montagneux avec cascade.

GALLÉ

23 — Lièvre et Perdrix.

DE GRAILLY (Exposition de 1865)

24 — Vue prise aux environs de Provins.

GREUZE

25 — Portrait de femme sous les attributs d'une sainte.

Quoique ce portrait semble appartenir par son aspect à un tout autre maître, cependant en l'examinant on comprend que des amateurs expérimentés, d'après son exécution, se soient accordés à l'attribuer à Greuze.

GREUZE (Attribué à)

26 — Tête de jeune fille.

GUDIN

27 — Marine, fin de la tempête.

28 — Entrée du grand canal à Venise.

29 — Une Plage, soleil levant.

30 — Une Plage à la marée montante.

31 — Marine avec bateaux pêcheurs, soleil levant.

32 — Marine, soleil couchant.

33 — Marine, temps calme, soleil couchant.

34 —   Id.   Effet de brouillard.

35 — Une Plage. (Pendant du précédent.)

36 — Vagues se brisant contre des rochers.

37 — La Marée montante, effet de brouillard.

38 — Le Crépuscule.

39 — Mer orageuse avec navire près d'échouer.

40 — Clair de lune.

JULIEN

41 — Jeune Femme et l'Amour.

Elle est sur un divan contemplant une rose déposée sur une draperie blanche qu'elle tient entre ses mains. L'Amour, assis à ses pieds, joue avec une guirlande de roses.

LALLEMAND

42 — Ruines d'un palais.

43 — Ruines d'un temple.

(Dessins à la plume relevés de tons d'aquarelle.)

LASSAVE

44 — Gentilhomme contemplant un tableau. Intérieur.

PAU DE SAINT-MARTIN (Père)

45 — Les Abords d'un village.

VERNET (Joseph)

46 — Le Coup de vent.

VERNET (Genre de)

47 — Paysage avec figures de laveuses.

VÉRON

48 — Vue prise aux bords de l'Oise.

ÉCOLE ITALIENNE

BASSAN

49 — Jeune Garçon jouant du flageolet.

CAMPIDOGLIO (Michel-Ange)

50 — Lièvre, Perdrix et autre gibier.

GUASPRE

51 — Paysage, site d'Italie.

MOLA (Francesco)

52 — Nymphes et Satyres dans un paysage.

MARATTE (Carle)

53 — La Vierge et l'Enfant.

MONTANINI

54 — Ruines dans lesquelles des soldats se battent en duel.

PRIMATICE (École de)

55 — Le Serpent d'airain.

ROSA (Signé 1776. L.)

56 — Vue prise en Italie.

57 — Paysage montagneux avec cascade.

ROSALBA (Genre de)

58 — Etude de Femme.

TAVELLA

59 — Vue prise en Italie, chute d'eau.

TIÉPOLO

60 — Portrait de femme.

INCONNUS

61 — Paysage.

62 — Ruines.

63 — Une Chaumière, paysage.

64 — Mise au tombeau.

Renou et Maulde, imprimeurs de la Compagnie des Commissaires-Priseurs, rue de Rivoli, 144.   48656

RED.:

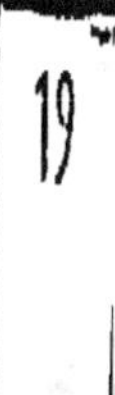

19

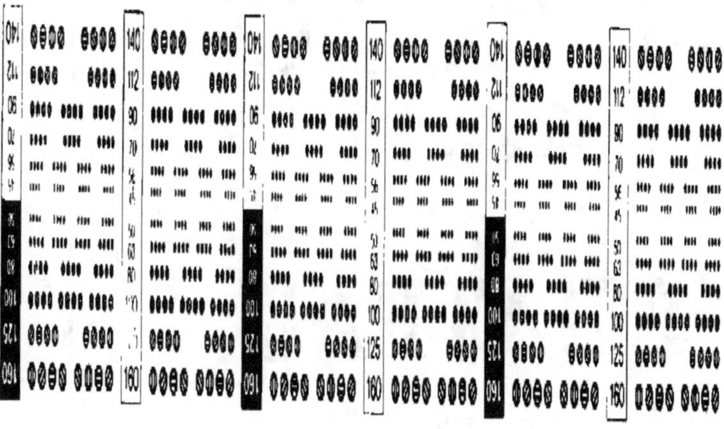

MIRE ISO N° 1
NF Z 43-007
AFNOR
Cedex 7 - 92080 PARIS-LA-DÉFENSE
37.98.89.70
graphicom

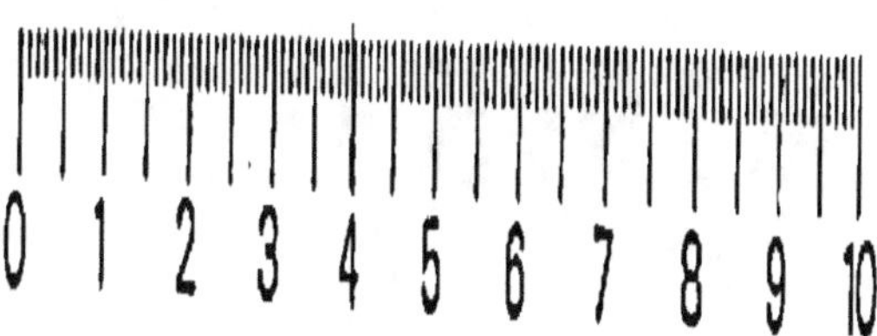

0 1 2 3 4 5 6 7 8 9 10

BIBLIOTHEQUE NATIONALE DE FRANCE

****

CHATEAU DE SABLE

1995